Das Kicker Team

Christian Bieniek
lebt in Düsseldorf und schreibt für Kids und Erwachsene.

Weitere Bücher für Kinder von Christian Bieniek in Arena Verlag und Edition Bücherbär:
Das Kicker-Team: Klarer Fall, Elfmeter!
Das Kicker-Team: Ein Sponsor für Markus
Das Kicker-Team: Das Spiel der Spiele
Das Kicker-Team: Die Känguru-Taktik
Das Kicker-Team: Selbst ausgetrickst, Markus!
Karo Karotte und der Club der starken Mädchen
Karo Karotte und die Kaugummi-Kids
Karo Karotte und der liebste Hund der Welt
Karo Karotte und der rätselhafte Dieb

Ralf Butschkow,
geboren 1962, lebt mit seiner Familie in Berlin, wo er an der Hochschule der Künste bei Professor Jürgen Spohn studierte. Heute arbeitet er vor allem als Kinderbuchillustrator und Werbegrafiker.

Das Kicker Team

Christian Bieniek

Das Millionenspiel

Mit Bildern von

Ralf Butschkow

Arena

In neuer Rechtschreibung

1. Auflage 2002

Einband und Innenillustrationen: Ralf Butschkow
Gesamtherstellung: Westermann Druck Zwickau GmbH
ISBN 3-401-04867-8

Inhalt

Die Tränerin

»Was ist los, Markus?«, wundert sich Sven. »Du trittst ja so langsam in die Pedale, als würdest du mit zwei Gipsbeinen radeln!«

»Mir steckt noch das Spiel in den Knochen!«, ächze ich. »Und zwar in jedem einzelnen.«

Svens Eltern überholen mich lachend.

»Wir müssen uns beeilen!«, ruft mir sein Vater zu. »Gleich kommt das Sonntagskonzert im Radio. Kennst du Igor Strawinsky?«

Ich schüttle den Kopf. »In welchem Verein spielt der denn?«

Kichernd dreht sich Svens Mutter zu mir um. »Interessierst du dich denn für nichts anderes als für Fußball?«
»Doch«, antworte ich. »Zum Beispiel für die Bundesliga und für Nationalspieler und für Trikots. Wer soll denn das sein, dieser Igor Laspinski?«
»Frag deine Eltern!«, rät mir Svens Mutter. Dann winkt sie mir zu und beeilt sich, Svens Vater einzuholen, der schon hinter der nächsten Kurve verschwunden ist.
»Meine Eltern!«, schnaube ich wütend und höre nun ganz auf zu treten. »Ich hab keine Eltern!«
Ich steige vom Sattel und schiebe das Fahrrad auf den Bürgersteig. Es ist ein heißer Vormittag Anfang Juli. Ganz Sinzburg stöhnt schon seit Mittwoch unter der Hitze. Keine einzige Wolke hat sich seither am Himmel gezeigt. Statt auf dem Fußballplatz hätten wir die letzten Stunden lieber im Schwimmbad verbringen sollen.
Eine Minute später taucht Sven neben mir auf.
»Warum fährst du nicht weiter?«, brumme ich. »Du kommst noch zu spät zum Mittagessen!«
»Na und? Ich bin sowieso viel zu fett. Ich sollte weniger futtern und dafür mehr Sport treiben!«
Ich schaue unseren Torwart erstaunt an. »Mehr Sport treiben? Du bist doch im Fußballverein.«
»Stimmt. Aber seit Wochen spiele ich kaum noch richtig mit«, behauptet er. »Unsere Abwehr ist einfach zu gut. Eben bekam ich nur drei Bälle aufs Tor. Drei Stück!«

Bitte stören!

»Du ärgerst dich, weil wir 6 : 0 gewonnen haben?«
»Du doch auch!«, erwidert er. »Du machst ein Gesicht, als hätte uns der FC Kellinghusen gerade mit 0 : 15 vom Platz gefegt. Dabei sind wir ab heute Tabellenführer! Hast du den Applaus nach dem Schlusspfiff gehört?«
Ja, hab ich! Und ich war garantiert der einzige Spieler auf dem Platz, der sich nicht darüber gefreut hat. Schuld daran sind meine Eltern. Statt sich dieses enorm wichtige Spiel anzuschauen, sind sie lieber zu Hause geblieben und haben sich irgendwelche Dias angeguckt. Na toll! Sogar Herr Wiedemann, unser alter Nachbar, hat sich trotz der Bullenhitze auf den Weg zum Fußballplatz gemacht.
Schweigend schieben Sven und ich unsere Räder nebeneinander her. Sogar zum Sprechen ist es eigentlich zu heiß. Aber Sven lässt nicht locker. Nach einer Weile fängt er wieder an: »Nun sag schon, warum du so griesgrämig aus der Wäsche schaust. Bist du sauer, weil du nur vier Tore geschossen hast?«
»Quatsch! Ich bin stinkig wegen meinen Eltern. Können Sie sich nicht wenigstens einmal im Jahr auf den Platz verirren, wenn wir ein Spiel haben? Alle hatten heute ihre Eltern dabei, nur ich nicht. Deswegen könnte ich echt heulen!«
Und genau das tue ich auch. So ein Mist, dass ich die Tränen nicht zurückhalten kann! Gleich macht Sven bestimmt Witze über meine Flennerei.

Nein, macht er nicht. Stattdessen fischt er ein Taschentuch aus seiner kurzen Hose und drückt es mir in die Hand. Wir bleiben stehen, damit ich mir die Nase putzen kann.
»Ist ja wohl kein Wunder, dass sich deine Eltern nichts aus Fußball machen!«, meint Sven. »Ein paar Spinner, die hinter einer kleinen Lederkugel her jagen, um sie in einen großen Kasten zu befördern – wie öde! Bei dem Spiel heute hab ich mich fast zu Tode gelangweilt. Wenn ich nicht fünf Tüten Lakritz dabeigehabt hätte, wäre ich eingeschlafen!«
»Na, Jungs?« Unsere Trainerin bremst ihr nagelneues Mountainbike neben uns. »Habt ihr einen Platten?«
»Nein, wir sind selber platt«, jammert Sven.
Frau Unger lächelt. »Tatsächlich? Ist Lakritz kauen denn so anstrengend?« Plötzlich mustert sie mich mit ernster Miene und fragt: »Was ist mit deinen Augen los, Markus? Ist da 'ne Fliege drin?«
Ich nicke, werde dabei aber knallrot, was Frau Unger natürlich nicht entgeht.
»Oder hast du geweint?«, fragt sie prompt. »Denk dran: Als Trainerin kenne ich mich gut mit Tränen aus. Es hat also wenig Sinn, sie mir verheimlichen zu wollen.«
»Hm.«
»Willst du mir nicht sagen, was los ist?«
Nein, will ich nicht. Aber wozu hat man Freunde, die einem auch dann die Worte aus dem Mund nehmen, wenn gar keine drin sind?

»Markus ist traurig, weil seine Eltern nicht zum Spiel gekommen sind«, sagt Sven.
»Na ja, vielleicht hatten sie was Wichtigeres vor«, vermutet Frau Unger.
»Nein, hatten sie nicht!«, widerspreche ich. »Statt neuer Tore wollten sie sich lieber alte Dias angucken.«
»Da haben deine Eltern aber wirklich was verpasst«, stellt Frau Unger fest. »So gut wie heute hast du noch nie gespielt. Und das werde ich ihnen jetzt auch mitteilen.«
Sie steigt vom Rad und zückt ihr Handy.
»Nummer?«
Ehe ich gegen Frau Ungers Einfall protestieren kann, hat ihr Sven schon unsere Nummer verraten.
»Ja, hallo? Hier ist Frau Unger, die Fußballtrainerin von Markus. – Nein, es ist nichts Schlimmes passiert, sondern was Gutes: Ihr Sohn hat vier Tore geschossen! – Nein, keine Eigentore. Auch keine Elfmeter. Richtige Tore! – Aha. Ja, sag ich ihm. Auf Wiederhören!«
Unsere Trainerin verdreht die Augen, als sie das Handy in ihrer Jeans verschwinden lässt.
»Und?«, frage ich. »Hat mein Vater was zu den Toren gesagt?«

»Nicht direkt«, antwortet Frau Unger ausweichend.
»Hat er was zum Spiel gesagt?«
»Eigentlich nicht.«
»Was hat er denn gesagt?«, bohre ich nach.
»Dass du dich beeilen sollst, weil der Schweinebraten schon auf dem Tisch steht.«
Ich stöhne auf, worauf mir Frau Unger eine Hand auf die Schulter legt.
»Tröste dich, Markus!«, seufzt unsere Trainerin. »Früher haben sich meine Eltern auch nicht für Fußball interessiert.«
»Und heute?«
»Heute interessieren sie sich immer noch nicht dafür, aber das macht mir nichts mehr aus.« Sie schwingt sich auf den Sattel. »Ich wünsche euch noch einen schönen Sonntag, Jungs!«
Nachdem sie uns zugezwinkert hat, radelt sie davon.
»Wenn du willst, können wir die Eltern tauschen«, schlägt Sven vor. »Ab sofort kannst du meine haben, wenn ich deine kriege.«
»Das würdest du im Ernst tun?«
Sven nickt heftig. »Na klar! Für Schweinebraten tu ich alles!«

Eine Goldgrube auf zwei Beinen

Kurz bevor ich zu Hause ankomme, beschließe ich, mit meinen Eltern nie mehr ein Wort über Fußball zu reden. Und diesen Entschluss halte ich auch eisern durch - allerdings nur zwei Tage lang.

Am Dienstagabend möchte ich mir unbedingt das Länderspiel zwischen Deutschland und Italien im Fernsehen angucken. Doch als ich um Viertel nach acht im Wohnzimmer auftauche, läuft da ein alter Spielfilm.

»Kann ich umschalten?«, frage ich meinen Vater, der sich hinter der Zeitung verschanzt hat. »Das Länderspiel hat eben angefangen.«

»Fußball!«, mault Vater, ohne den Blick von der Zeitung zu wenden. »Wer will sich das schon antun?«

»Also ich nicht«, erklärt meine Mutter, die mit dem Kreuzworträtselheft auf dem Schoß im Sessel sitzt. »Dieser Liebesfilm ist wirklich rührend. Ich hab ihn schon drei Mal gesehen.«

»Dann kennst du ihn ja auswendig!«, knurre ich. »Schaltet doch bitte um!«

Meine Eltern bleiben hart.

»Du weißt, dass wir uns nicht für diesen dämlichen Sport interessieren«, erklärt Vater. »Natürlich haben wir nichts dagegen, dass du selbst Fußball spielst. Aber warum sollten wir lächerliche Streitereien um einen kleinen Ball auf dem Bildschirm verfolgen? Das kannst du beim besten Willen nicht von uns verlangen!«

»Na schön!«, erwidere ich gereizt. »Dann verlange ich was anderes: zwanzig Mark mehr Taschengeld!«

»Wie bitte?« Vater lässt die Zeitung sinken. »Was willst du denn mit dem Geld?«

»Für einen eigenen Fernseher sparen, damit mir nächstes Jahr bei der Weltmeisterschaft kein einziges Spiel entgeht.«

»Wenn du dein bisheriges Taschengeld gespart hättest, dann könntest du dir jetzt sogar ein eigenes Kino kaufen«, behauptet Vater schmunzelnd. »Aber du hast ja noch nie einen Pfennig zur Seite gelegt.«

»Warum eigentlich nicht?«, fragt Mutter.
»Weil ich mir ab und zu was kaufe«, antworte ich, worauf Vater kopfschüttelnd wiederholt: »Kaufen! So was Sinnloses! Die schönsten Dinge der Welt sind doch kostenlos: der Gesang der Vögel, der Duft der Blumen, das Schweigen im Wald.«
Mit verträumten Augen schaut Vater zur Decke hinauf. Dann klemmt er sich wieder hinter seine Zeitung. Mutter ist mit ihrem Kreuzworträtsel beschäftigt. Wahrscheinlich bekämen die beiden gar nichts davon mit, wenn ich jetzt umschalten würde. Die Fernbedienung liegt auf dem Sofatisch. Ich strecke vorsichtig meinen Arm aus.
»Ach du Schande!«, schreit mein Vater plötzlich so laut, dass ich erschrocken zusammenzucke. »Hier steht, dass ein sechzehnjähriger Junge aus Barcelona zwei Millionen Mark im Jahr verdient. Zwei Millionen! Stellt euch das mal vor!«
»Mit sechzehn?«, fragt Mutter erstaunt. »Was macht der denn beruflich?«
»Fußball spielen!«, sagt Vater. »Der Junge bekommt zwei Millionen Mark im Jahr, weil er so gut gegen diese Lederkugel treten kann.«
Auf einmal durchbohrt mich Vater mit einem ganz seltsamen Blick.
»Markus!«, schreit er und springt vom Sofa. »Markus!«
Mutter hebt den Kopf. »Warum schimpfst du mit ihm? Hat er seine Hausaufgaben noch nicht gemacht?«

»Die braucht er nie mehr zu machen!«
»Äh – und wieso nicht?«, erkundige ich mich verdattert.
»Vergiss die Schule, mein Junge!« Mein Vater ist total aus dem Häuschen. Er packt mich an den Schultern und rüttelt mich. »Du wirst uns reich machen! Frau Unger hat doch vorgestern angerufen und gesagt, du bist der beste Spieler auf dem Platz gewesen. Mensch, Markus, in dir steckt ein Millionär! Ab sofort interessiere ich mich für Fußball!« Hastig schnappt er sich die Fernbedienung und schaltet zum Länderspiel um. »Welche Mannschaft ist denn Bayern München? Die blaue?«
»Gar keine. Da spielt Deutschland gegen Italien.«
»Aha. Das ist also die Bundesliga.«
»Nein!«
Mutter lacht. »Nun lass doch unseren Sohn in Ruhe das Spiel genießen.«
»Sohn?« Mein Vater strahlt mich an. »Das ist nicht mehr unser Sohn!«
»Sondern?«
»Eine Goldgrube!«

Brennnessel und Sauerkraut

Am nächsten Morgen falle ich vor Schreck fast aus dem Bett, als eine tiefe Stimme lautstark verkündet: »Aufstehen, du Faulpelz! Das Training wartet!«

Total verschlafen öffne ich ein Auge. Mein Vater steht vor mir. Er trägt eine schwarze Turnhose, ein weißes T-Shirt und meine Baseballmütze. In so sportlichen Klamotten habe ich ihn erst einmal gesehen: auf einem seiner alten Kinderfotos.

Nachdem ich ausgiebig gegähnt habe, frage ich: »Musst du heute nicht zur Arbeit, Vati?«

»Nein, heute ist Feiertag.«

»Ach ja, stimmt: Ich hab schulfrei. Gute Nacht!« Ich drehe mich zur Wand und rolle mich zusammen.

Doch mein Vater reißt mir einfach die Decke weg. »Na los, worauf wartest du? Raus aus den Federn! Du willst doch Millionär werden, oder?«

»Heute nicht!«

Vater lacht. »Was dir fehlt, ist die richtige Einstellung, mein Junge! Und jede Menge Fitness. Darum laufen wir jetzt eine Stunde durch den Park. Um sechs Uhr ist die Luft dort noch richtig frisch.«

»Was?« Mit einem Ruck setze ich mich auf und starre Va-

ter wütend an. »Du weckst mich um sechs Uhr morgens, obwohl ich nicht in die Schule muss? Bist du wahnsinnig?«
»Nein, ich bin dein neuer Fitnesstrainer. Und jetzt steh endlich auf! Wir müssen joggen!«
Wir ist gut . . .
Eine Viertelstunde später laufe ich durch den Stadtpark, während mein Vater gemütlich vor mir her radelt.
»Was ist denn das für ein lahmes Tempo?«, meckert er. »Wenn du deine Kondition verbessern willst, musst du schon ein bisschen schneller rennen!«
Der hat leicht reden! Ich bin so müde, dass mir dauernd die Augen zufallen. Jetzt könnte ich schön im Bett liegen und im Schlaf einen Traumpass nach dem andern schießen. Aber nein: Dieser sechzehnjährige Millionär aus Barcelona hat meinen Vater komplett verrückt gemacht.
Nachdem ich zig Runden durch den Stadtpark gedreht habe, erlaubt mir mein strenger Fitnesstrainer eine Verschnaufpause. Kaum haben wir uns auf einer schattigen Bank niedergelassen, hebt er meine Beine auf seinen Schoß. Dann legt er die Hände auf meine Oberschenkel und drückt mit aller Kraft zu.
»Aaaaah!«, schreie ich so laut, dass die Vögel auf den Ästen über uns entsetzt davonflattern.
»Das tut gut, was?«, fragt Vater mit gut gelaunter Miene und drückt wieder zu.
Mein zweiter Schrei ist doppelt so laut wie der erste.

»Was soll das?«, fauche ich Vater an und springe von der Bank.
»Ich will dich nur massieren!«
»Nein, foltern! Weißt du, wie weh das tut? Wenn du mir die Knochen brichst, kannst du die Millionen vergessen!«
»Entschuldige!«, murmelt er und holt eine Flasche aus seinem Rucksack. »Hier, eine kleine Erfrischung!»
Gierig setze ich die Flasche an den Mund, trinke ein paar Schlucke – und spucke das Zeug sofort wieder aus.
»Igitt«, schimpfe ich. »Das schmeckt ja so widerlich, als würde ich auf 'ner Brennnessel herumkauen!«

»Gut geraten!«, erwidert Vater grinsend. »Das ist Brennnesseltee. Ein Getränk, das deinen Körper optimal unterstützt.«
»Wobei? Beim Kotzen?« Angewidert verziehe ich das Gesicht. »Gut, dass ich noch nichts gefuttert habe! Sonst hätte ich jetzt mit meinem Frühstück den Stadtpark verziert. Komm, wir gehen nach Hause!«

»Nein, tun wir nicht!«, widerspricht Vater und schwingt sich auf den Sattel. »Du läufst und ich radle nach Hause, okay? Und nach dem Frühstück fahren wir dann auf den Bolzplatz zum Balltraining.«

Frühstück ist gut . . .

Als ich nach dem Duschen in die Küche komme und mich an meinen Platz setze, traue ich kaum meinen Augen: Vor mir steht ein Teller mit einem gigantischen Berg Rührei!

»Was soll das sein?«, erkundige ich mich verblüfft. »Meine Verpflegung für den Rest des Monats?«

»Nein, dein Frühstück«, erfahre ich von meinem Vater. »Das isst du jetzt jeden Morgen. Was Sportler vor allem brauchen, ist Eiweiß.«

»Ich nicht!«, protestiere ich. »Was ich brauche, ist ein Brötchen mit Schokoaufstrich!«

»Da ist viel zu viel Zucker drin!«, behauptet Mutter. »Ab heute machen wir uns mehr Gedanken über deine Ernährung. Du kannst nicht nur das essen, was dir schmeckt, sonst wirst du niemals ein Superkicker in der Bundesliga. Hier, probier mal diesen leckeren Saft.«
Sie stellt ein Glas vor mich hin. Der Inhalt sieht aus wie eine Mischung aus Zitronenlimo und Straßendreck. Er riecht auch genauso.
»Das ist Sauerkrautsaft«, erklärt Mutter.
»Ekelhaft! Damit würde ich mir nicht mal die Haare waschen. Warum soll ich das Zeug trinken, wenn ich es nicht mal essen mag?«
»Ach komm!«, drängt Vater. »Wenn du den Saft und das Rührei geschafft hast, kriegst du zur Belohnung eine rohe Selleriestange.«
»Super!«, juble ich und recke beide Fäuste in die Luft. »Eine rohe Selleriestange! Wahnsinn! Und was soll ich damit machen, hä? An ein Kaninchen verfüttern?«
Ich lasse die Fäuste wieder sinken, stoße einen tiefen Seufzer aus und schaue meine Eltern kopfschüttelnd an.
»Was ist los, Markus?«, wundert sich Vater. »Woran denkst du gerade?«
»An die schönste Zeit meines Lebens.«
Mutter runzelt die Stirn. »Wann war die denn, wenn ich mal fragen darf?«
»Als ihr euch noch nicht für Fußball interessiert habt.«

Sven und ich zaubern einen Wald

Als ich am Nachmittag darauf in meine Fußballklamotten steigen will, bekomme ich überraschenderweise Besuch von Sven.

Unser Torwart ist ganz rot im Gesicht, als er meine Tür aufreißt.

»Was ist passiert?«, erkundige ich mich besorgt. »Du siehst du ja aus, als wärst du den Weg hierher gerannt.«

»Bin ich auch«, keucht er und lässt sich auf mein Bett fallen. »Jedenfalls die letzten dreihundert Meter. Ich hatte nämlich 'ne Superidee, die ich dir so schnell wie möglich erzählen wollte. Du kennst doch mein Gedächtnis.«

»Woher? Du hast doch gar keins.«

»Stimmt«, erwidert er schmunzelnd. »Aber diese Idee habe ich mir trotzdem gemerkt. Es geht um ein nagelneues Computerspiel.«
»Du hast dir schon wieder eins gekauft?«
»Nein, das kann man nicht kaufen. Noch nicht«, fügt er mit einer geheimnisvollen Miene hinzu.
Ich steige in den linken Fußballschuh und schnüre ihn zu.
»Was für ein Spiel soll das denn sein?«
»Das weiß ich noch nicht so genau. Es geht um eine Schnecke, die ein Tier jagt, das etwas schneller ist als sie.«

»Und dann?«
»Dann jagt die Schnecke, die sich in dieses andere Tier verwandelt hat, wieder ein Tier, das ein bisschen schneller ist. Und so weiter.«
»Hm«, mache ich, während ich in den rechten Fußballschuh steige. »Und was geschieht am Schluss?«
Sven zuckt mit den Schultern. »Keine Ahnung. Das müssen wir uns noch ausdenken.«
»Wieso wir?«
Da hüpft Sven vom Bett und breitet die Arme aus. »Kapierst du denn nicht, wovon ich rede? Wir beide erfinden ein eigenes Computerspiel!«
Er geht zum Schreibtisch, setzt sich auf den Stuhl und wirft meinen Computer an. »Zuerst müssen wir diese Schnecke entwerfen. Wie sehen die Viecher eigentlich aus?«
Ehe ich darauf antworten kann, kommt meine Mutter herein und drückt mir einen Apfel in die Hand.

»Es ist Zeit für ein bisschen Obst, Markus!« Sie wirft einen Blick auf die Uhr. »Fährst du jetzt nicht zum Bolzplatz? Dein Vater will doch nach der Arbeit direkt dort hinkommen.«

»Bin ja gleich weg!«, brumme ich und beiße in den Apfel.

»Vergiss deinen Brennnesseltee nicht!«

»Nein, Mutti!«

»Ich muss jetzt einkaufen«, sagt sie beim Rausgehen. »Schließt gut hinter euch ab!«

Nachdem sie verschwunden ist, schaut mich Sven entgeistert an und wiederholt: »Brennnesseltee? Musst du dich da nicht nach jedem Schluck im Hals kratzen?«

Ich winke ab. »An das Zeug kann man sich gewöhnen. Ich hab dir doch heute Morgen erzählt, dass ich mich jetzt ganz anders ernähre, weil meine Eltern unbedingt einen Profi aus mir machen wollen.«

»Fußball!« Sven tippt sich an die Stirn. »Das ist doch echt kindisch!«

»Ach nee! Auf einmal? Letzte Woche hattest du noch Spaß daran.«

»Tja, man wird älter!« Unser pausbäckiger Torwart verschränkt die Hände hinterm Kopf. »Ich hab gestern Abend vor dem Einschlafen darüber nachgedacht, wie viel kostbare Zeit ich bis jetzt zwischen den Pfosten vertrödelt habe. Blöd rumstehen und darauf warten, dass jemand den Ball auf den Kasten donnert! Und sich dann in den

Dreck schmeißen, um diese bescheuerte Lederkugel zu fangen!« Er zieht eine Flappe. »Also wenn du mich fragst, ist das bloß 'ne Beschäftigung für Affen und Kleinkinder. Die schnappen auch nach allem, was man ihnen zuwirft. Zum Fußballspielen bin ich einfach zu intelligent. Und du auch, Markus! Lass uns lieber ein eigenes Computerspiel erfinden!«, beschwört er mich. »Hast du 'nen Schimmer, welches Tier die Schnecke als Erstes fressen könnte?«

Ich beiße in den Apfel und überlege. Svens Idee mit dem eigenen Computerspiel finde ich richtig gut.

»Wir sollten erst mal den Hintergrund entwerfen«, schlage ich vor. »So einen richtig gruseligen Wald. Und die passende Musik müssen wir uns auch ausdenken.«

»Okay, ich starte das Zeichenprogramm!« Sven ist Feuer und Flamme. »Das mit der Musik dürfte nicht zu schwer sein. Du kannst ja Klavier spielen.«

In diesem Moment ruft Mutter aus dem Flur: »Tschüs! Und viel Spaß!«

»Danke!«

Spaß haben wir tatsächlich, sogar jede Menge! Mit Hilfe des Zeichenprogramms zaubern wir einen unheimlichen Urwald auf den Bildschirm. Immer neue Kleinigkeiten fügen wir hinzu. Den Bolzplatz und meinen Vater und die Fußballschuhe an meinen Füßen habe ich längst vergessen, als plötzlich das Telefon klingelt. Ich kann mir natürlich sofort denken, wer dran ist.

»Wo steckst du denn, mein Junge?«, knurrt Vater. »Ich warte seit zwanzig Minuten auf dem Bolzplatz auf dich.«
»Tut mir Leid!«, entschuldige ich mich. »Ich bin schon unterwegs!«
»Wir müssen Ecken trainieren!«, sagt Vater. »Und Freistöße. Und Elfmeter. Am Sonntag willst du doch sicher wieder der beste Spieler auf dem Platz sein, oder?«
»Hmhm.«
»Das klingt aber nicht sehr begeistert«, sagt Vater. »Ich dachte, Fußballspielen ist das absolut Größte für dich.«
»Dachte ich auch.«
»Was willst du mir damit sagen, Markus? Hast du etwa irgendwas entdeckt, das spannender ist als Fußball?«
»Ja«, gestehe ich kleinlaut.
»Und was soll das sein?«
»Eine Schnecke.«
Das hält mein Vater anscheinend für einen Witz und meint lachend: »Nun komm schon auf den Bolzplatz, sonst mach ich *dich* zur Schnecke!«

Miriams neuer Job

So sehr hab ich mich noch nie über einen Besuch von Miriam gefreut!
Fröhlich öffne ich die Wohnungstür und verbeuge mich schwungvoll. »Hereinspaziert, edles Fräulein! Lassen Sie uns gemeinsam musizieren, dass die Englein im Himmel vor Entzücken dahinschmelzen.«
»Hä? Hast du gesoffen?«
»Ja, Sauerkrautsaft!«, erwidere ich kichernd. »Der steigt allerdings nicht in den Kopf, sondern nur in den Hintern. Wenn du mal einen Pupswettbewerb gewinnen willst, solltest du zwei Liter davon trinken.«
»Sehr witzig!«
Miriam marschiert an mir vorbei ins Wohnzimmer. Ich folge ihr und beobachte sie, wie sie ihren Geigenkoffer behutsam auf den Sofatisch legt und ihn dann öffnet. Normalerweise bin ich alles andere als begeistert darüber, dass wir einmal in der Woche zusammen üben müssen, Aber heute habe ich es ihr zu verdanken, dass ich bei dieser Affenhitze nicht hinter einem Ball herjagen muss. Genau wie gestern sollte ich meinen Vater heute wieder auf dem Bolzplatz treffen. Aber zum Glück müssen Miriam und ich für das große Abschlusskonzert üben, das am vor-

letzten Schultag vor den Sommerferien in der Musikschule stattfindet.
Mittlerweile hat Miriam die Geige ausgepackt und reibt nun ihren Bogen mit diesem komischen Zeug ein, dessen Namen ich mir nie merken kann.
»Wie heißt das noch mal, was du das gerade in der Hand hältst?«, erkundige ich mich.
»Das ist ein Geigenbogen.«
»Ich meine die andere Hand, du Schlaubergerin!«
»Das ist Kolophonium.«
»Und wie buchstabiert man das?«, frage ich weiter.
»Mit Buchstaben.«
»Tatsächlich?«
Miriam verdreht die Augen. »Wozu willst du das denn wissen?«
Ehrlich gesagt nur, um Zeit rauszuschinden. Die Probe muss mindestens bis zum Abendbrot dauern. Mein Vater kommt gleich von der Arbeit nach Hause und will mich dann bestimmt zum Bolzplatz mitschleppen, sobald Miriam verschwunden ist. Darum müssen wir heute so lange musizieren, bis wir einen Krampf in den Fingern bekommen – und unsere armen Nachbarn einen Krampf in den Ohren!
Ich setze mich ans Klavier und werfe einen Blick auf die Noten.
»Was ist eigentlich ein Menuett?«

»Ein Tanz«, sagt Miriam, die gerade ihren Notenständer aufbaut.
»Und wie wird der genau getanzt?«
»Mit den Füßen, nehme ich an«, meint sie trocken. »Das kann uns auch völlig egal sein. Oder sollen wir beim Abschlusskonzert als Tänzer auftreten?«
»Das nicht, aber –«
»Hey, was ist los mit dir?«, unterbricht mich Miriam mit verblüffter Miene. »Sonst kriegst du kaum einen Ton raus, wenn ich hier bin. Jedenfalls nicht aus dem Mund, sondern nur aus dem Klavier«, fügt sie grinsend hinzu. »Und heute plapperst du ohne Unterbrechung.«

»Ich freu mich halt, dass du da bist«, gestehe ich ihr arglos, worauf sie prompt kichert und sagt: »O Gott! Gleich fällst du mir um den Hals und küsst mich und machst mir einen Heiratsantrag, was? Wenn ich das geahnt hätte, dann hätte ich mir eben noch die Zähne geputzt. Zum Mittagessen gab's nämlich Pizza. Magst du Knoblauch? Ich meine beim Küssen.«
»Nein«, entgegne ich unwirsch, während ich so rot werde wie mein T-Shirt. Warum redet Miriam so einen Unsinn? Da bin ich einmal nicht ganz so brummig zu ihr wie sonst, und schon hört sie die Hochzeitsglocken läuten und faselt vom Küssen.
Schweigend warte ich darauf, dass sich Miriam die Geige unters Kinn klemmt und mit dem Menuett loslegt. Am liebsten würde ich kein einziges Wort mehr sagen. Aber ein Blick auf die Uhr verrät mir, dass seit Miriams Auftauchen erst sieben Minuten vergangen sind. O nein! Mir kam es so vor, als sei sie schon seit einer halben Stunde hier. Also muss ich noch mehr Zeit schinden.
Das kann ich eigentlich ganz gut. Wenn wir mit unserer Mannschaft knapp in Führung liegen und den Vorsprung bis zum Schlusspfiff retten wollen, schalten wir einfach zwei Gänge zurück. Die Abstöße vom Tor, die Einwürfe, die Freistöße – alles wird in Zeitlupe ausgeführt.
»Wie gefällt dir eigentlich das Menuett?«, frage ich Miriam.

»Ich bin nicht zum Quatschen hergekommen, sondern zum Üben«, schnauzt sie mich fast an und schlägt ihre Noten auf. »Los geht's: Eins, zwei, drei, vier!«
Ich beginne mit der Einleitung. Klar, meine Finger landen absichtlich auf den falschen Tasten, damit ich noch einmal von vorne anfangen muss. Das wiederhole ich so oft, bis Miriam schließlich genervt mit dem Fuß aufstampft und die Geige sinken lässt.
»Was klimperst du denn da für einen Mist?«, regt sie sich auf. »Spielst du das Stück rückwärts?«
Ich bekomme einen Lachanfall – den längsten meines Lebens. Mindestens zwei Minuten kann ich damit überbrücken. Miriam stemmt die linke Hand in die Hüfte und wirft mir einen giftigen Blick zu.

»Sag Bescheid, wenn du fertig bist, du Kichererbse!«
»Kichererbse – hahaha! Du bist ja soooo komisch, Miriam!«
»Und du bist höchst seltsam heute«, gibt sie zurück. »Können wir jetzt endlich anfangen, und zwar mit den richtigen Tönen?«
Doch ehe ich wieder in die Tasten greifen kann, steckt mein Vater seinen Kopf durch die Tür.
»Na, ihr beiden Hübschen?«, ruft er uns zu. »Ich hör ja gar keine Musik, sondern nur dein Gewieher, Markus!«
»Wir wollten gerade anfangen, Vati!«
»Dann will ich nicht länger stören. Viel Spaß!«
Ehe er uns wieder alleine lässt, zwinkert er Miriam zu. Nanu, was soll das?
»Bist du so weit?«, fragt Miriam.
»Hmhm.«
»Okay, dann hau rein!«, fordert sie mich ungeduldig auf und zählt vor.
Diesmal greife ich nicht daneben. Und Miriam setzt auch genau an der richtigen Stelle ein. Ohne Probleme spielen wir das ganze Stück durch und lassen dabei keine Wiederholung aus.
Nach dem Schlussakkord jubelt Miriam: »Das war echt super, Markus! Besser können wir es bestimmt nicht spielen.« Sie will ihre Geige einpacken.
»Nanu!«, wundere ich mich. »Du haust schon ab? Wir müssen doch noch den Strauß-Walzer spielen.«

»Wozu? Den können wir doch im Schlaf. Du willst jetzt bestimmt auf den Bolzplatz, oder?‹
»Was soll ich denn da?«
»Tennis spielen, was sonst?«
»Bei der Hitze hab ich keine Lust auf Fußball«, ächze ich. »Eigentlich hab ich überhaupt keine Lust mehr auf Fußball.«
Miriam ist baff. »Spinnst du? Fußball ist der schönste Sport der Welt!«
»Hä?« Jetzt bin ich baff! »Seit wann bist du Fußballfan? Früher hast du dich nur darüber lustig gemacht!«
»Ja, weil ich dumm war!«, sagt Miriam. »Aber jetzt kann ich mir vorstellen, wie toll es ist, in einer Mannschaft zu spielen. Vor allem dann, wenn man der Beste ist. So wie du! Ist das nicht ein fabelhaftes Gefühl, seine Freunde zum Sieg zu führen?«
»Äh –« Ich bin so verdattert, dass ich kein Wort rauskriege. Aber Miriam hätte sich ohnehin nicht unterbrechen lassen. Sie fährt

mit ihrer Lobeshymne fort. Meine Güte, ihr Geschleime hört sich an, als wäre ich der Mannschaftskapitän vom FC Liverpool! Warum hält sie mich plötzlich für so einen Megafußballer? Weiß sie überhaupt, was sie da redet?

Als sie endlich fertig ist, frage ich sie lächelnd: »Möchtest du ein Autogramm von mir?«

»Ja, gerne!«, antwortet sie. »Auf den Arm bitte!«

»Du willst mich doch nur veräppeln!«, zische ich und drehe ihr den Rücken zu. »Tschüs!«

»Tschüs!«, erwidert sie ungerührt, nimmt ihre Sachen und geht in den Flur.

Draußen höre ich sie mit meinem Vater reden, aber ich verstehe kein Wort. Warum sprechen die beiden so leise wie in einem Krankenzimmer? Neugierig gehe ich zur Tür und werfe einen Blick in den Flur. Und was sehe ich? Dass Vater ihr einen Zehner in die Hand drückt.

Wofür?

Während sich Miriam von meinem Vater verabschiedet, fällt mir ein, wie er ihr eben zugezwinkert hat. Kein Zweifel: Irgendwie stecken die beiden unter einer Decke. Was mögen sie wohl zusammen ausgeheckt haben?

Nach längerem Nachdenken beschleicht mich ein furchtbarer Verdacht ...

Stinksauer stürme ich in den Flur, reiße die Wohnungstür auf, rase die Treppe hinunter, stürze aus dem Haus und renne den Bürgersteig entlang hinter Miriam her, die gerade etwa hundert Meter weiter die Straße überquert. Sie zuckt heftig zusammen, als ich plötzlich neben ihr auftauche und brülle: »Wofür waren die zehn Mark?«

»Musst du mich so erschrecken, du Blödmann?«

»Wofür hat dir mein Vater den Zehner gegeben?«

»Weil ich dein neuer Mentaltrainer bin.«

»Mein was?!?«

Miriam bleibt stehen. »Dein Vater hat mich angerufen und mir verraten, dass du keine Lust mehr auf Fußball hast. Er meint, ich soll dich mental aufbauen und neu motivieren.«

»Was bedeutet das?«

»Na ja, dass ich rumschleimen sollte«, gesteht Miriam. »Wenn ich dir erzähle, was für 'n toller Spieler du bist, würde dir das Training wieder Spaß machen.«

Nicht zu fassen: Mein Vater ist jetzt offenbar komplett durchgedreht!

»Er gibt dir Geld für dein dämliches Gesülze?«

Miriam nickt. »Und das kann ich auch sehr gut gebrauchen.«

»Wofür?«

»Um dich zum Eis einzuladen. Los, komm mit!«

Schnecken, Käse, Rotkohl

Am nächsten Vormittag sitzen Sven und ich auf unseren Rädern und fahren in der Stadtpark. Statt mit Fußballschuhen und Torwartmütze sind wir mit einer Mausefalle bewaffnet. Es ist wieder mal ein irrsinnig heißer Tag. Inzwischen hält sich der blaue Himmel über Sinzburg schon so lange, dass ich mich kaum noch dran erinnern kann, wie Wolken aussehen.

»Du wurdest gestern übrigens beobachtet«, meint Sven, als wir an einer roten Ampel bremsen müssen. »Von Daniel und Orhan.«

»Wobei?«

Ein geheimnisvolles Lächeln huscht über Svens Gesicht. »Überleg mal, Markus!«

»Hä?«

»Hast du gestern nicht was total Peinliches gemacht?«

»Nein.«

»Daniel und Orhan behaupten aber was ganz anderes.«

»Orhan behauptet gar nichts«, widerspreche ich. »Der macht doch nie den Mund auf. Und wobei hat mich unser Libero erwischt?«

»Beim Eisessen.«

»Na und?«

»Mit einem Mädchen!« Sven schüttelt den Kopf. »Mit einem Mädchen! Wahnsinn, Markus: Du gehst mit einem Mädchen Eis essen!«
»Das war kein Mädchen, sondern Miriam. Wir haben zusammen geübt.«
»An einer Eiskugel lecken muss man nicht üben. Das konnte ich schon im Laufstall. Daniel war richtig entsetzt darüber, dass du dich zusammen mit einem Mädchen auf der Straße blicken lässt.«
»Dafür gibt's einen Grund«, erkläre ich. »Zehn Mark.«
Auf dem restlichen Weg zum Stadtpark verrate ich Sven, dass Miriam von meinem Vater auf mich angesetzt war. Er kriegt sich kaum noch ein vor Lachen.
»So ein Schwachsinn!«, kichert er. »Miriam als Mentholtrainerin!«
»Mental!«, verbessere ich ihn. »Menthol ist das Zeug in den Hustenbonbons.«
»Ist doch egal. Miriam als Trainerin! Die versteht ja weniger von Fußball als mein Papierkorb!«
»Aber erfolgreich war sie irgendwie trotzdem«, gestehe ich. »Als mich mein Vater heute Morgen um sechs zum Joggen aus dem Bett scheuchte, hab ich mir gesagt, dass ich der Beste in der Mannschaft bin und darum härter trainieren muss als die anderen. Da fiel mir das Aufstehen sehr viel leichter.«
»Um sechs Uhr morgens steigst du aus den Federn? An ei-

nem Samstag?« Sven zeigt mir einen Vogel. »Kein Wunder, dass du dauernd gähnst.«
»Tu ich doch gar nicht!«, erwidere ich gähnend.
Mittlerweile haben wir den Stadtpark erreicht. Während wir langsam die schattigen Wege entlangradeln, überlegen wir, an welcher Stelle wir die Mausefalle am besten aufstellen sollen.
»Wie wär's mit dem Gebüsch da hinten?«, schlägt Sven vor. »Direkt unter der riesigen Eiche.«
»Okay.«
Wir bremsen vor dem Baum und stellen unsere Räder ab. Dann holt Sven die Mausefalle aus seinem Rucksack.

Er zeigt auf das Stück Käse darin und sagt: »Hier, riech mal! Das ist Emmentaler!«

»Glaubst du, Schnecken fressen Käse?«

Er zuckt mit den Schultern. »Hm, wahrscheinlich nicht. Allerdings gehört Käse nun mal in eine Mausefalle.«

»Wir wollen aber keine Maus fangen, sondern eine Schnecke«, gebe ich zu bedenken.

»Hast du eine Schneckenfalle?«

»Nein.«

»Na also!«, sagt Sven und wischt sich den Schweiß von der Stirn. »Darum müssen wir es halt mit der Mausefalle versuchen. Die Schnecke weiß ja nicht, dass es keine Schneckenfalle ist.«

»Aber vielleicht erkennt sie das am Käse.«

»Aber ohne Käse ist die Falle totaler Käse!«, knurrt Sven. »Womit sollen wir die Schnecke denn anlocken?«
»Wie wär's mit einer Schneckin?«
Sven zieht eine Flappe. »Du denkst nur noch an Mädchen!«
»Blödsinn!«, fauche ich und stoße ihm einen Ellenbogen zwischen die Rippen.
Sven betrachtet die Mausefalle in seiner Hand. Weil wir nicht ganz genau wissen, wie Schnecken aussehen, wollen wir eine fangen. Schließlich ist die Schnecke das erste Tier in unserem Computerspiel. Wir wollen nichts falsch machen, wenn wir es entwerfen.
»Los, hauen wir ab!«, kommandiert Sven und lässt die Mausefalle wieder im Rucksack verschwinden. »Mein Vater hat ein tolles Tierlexikon. Da sind bestimmt auch Schnecken drin.«
»Und das fällt dir jetzt erst ein, du Trottel?«, rufe ich verärgert aus und schwinge mich auf den Sattel. »Wir hätten uns die ganze Fahrradtour in der sengenden Sonne sparen können!«
»Tut mir Leid!«
Als kurz darauf der Bolzplatz in Sicht kommt, tritt Sven auf die Bremse und sagt grinsend: »Guck dir diese Vollidioten an! Bei dieser mörderischen Hitze spielen die Fußball.«
Sogar einige aus unserer Mannschaft tummeln sich dort

auf dem Platz: das Wiesel, Orhan, H.P. und Emilio. Wir schauen ihnen ein Weilchen dabei zu, wie sie in völlig durchgeschwitzten Trikots, mit hochroten Köpfen und heraushängenden Zungen über den Platz düsen, auf dem es kein bisschen Schatten gibt. Wie kindisch es mir plötzlich vorkommt, hinter einem Ball herzurennen! Ist es nicht völlig wurscht, ob das runde Leder in dem einen oder dem anderen viereckigen Kasten oder in der nächsten Mülltonne oder auf dem Mond landet?

Ich zupfe an Svens T-Shirt. »Weißt du was? Morgen ist mein Abschiedsspiel!«

»Meins auch«, sagt er. »Wie konnten wir uns nur jahrelang mit diesem Mist beschäftigen? Wir sollten so schnell wie möglich damit aufhören.«

»Allerdings!«

»Außerdem haben wir bald sowieso keine Zeit mehr dafür.«

»Warum?«

»Wegen der Pubertät«, seufzt Sven. »Der können wir leider nicht entgehen. In vier oder fünf Jahren beschäftigen wir uns nur noch mit Liebe, Mode, Zigaretten und Pickeln – igitt! Wenn ich an all den Eiter denke, den wir dann im Gesicht mit uns rumschleppen, wird mir jetzt schon schlecht. Und erst die Küsse!« Er schüttelt sich. »Hoffentlich verliebe ich mich in ein Mädchen, das Küssen genauso hasst wie ich. Schließlich gibt es viel schönere Dinge auf der Welt, die man zusammen machen kann.«

»Was denn?«

»Futtern zum Beispiel!«, antwortet Sven mit leuchtenden Augen. »Komm, fahren wir schnell zu mir! Heute gibt's Rouladen mit Rotkohl. Das magst du doch nicht, stimmt's?«

»Stimmt. Aber warum sollte ich dann mitkommen?«

»Damit ich deine Portion als Nachtisch kriege!«

Das letzte Spiel?

Etwa zwanzig Minuten vor dem Anpfiff ist es so weit: Sven und ich wollen unsere Abschiedsrede halten.
Der Krach in der Umkleidekabine ist so groß, dass wir erst mal lautstark für Ruhe sorgen müssen.
»Könnt ihr bitte mal kurz zuhören?«, brüllt Sven. »Markus und ich wollen euch was ganz Wichtiges mitteilen.«
»Was denn?«, fragt Daniel, unser Libero. »Dass wir heute gewinnen werden? Das ist sowieso klar, Leute. Die lahmen Enten vom SC Braunsdorf fegen wir mit 10 : 0 vom Platz!«
Daraufhin jubeln die Spieler so ausgelassen, als hätten sie schon den Sieg in der Tasche.
»Nein, wir wollen euch was anderes sagen«, schreie ich. »Sven und ich spielen heute zum allerletzten Mal für den SC Sinzburg!«
Mit einem Schlag ist es totenstill in der Kabine. Die Spieler und unsere Trainerin sind richtig baff! Sie starren Sven und mich so verblüfft an, als hätten wir gerade unsere Köpfe in Blumensträuße verzaubert.
Frau Unger findet als Erste die Sprache wieder. »Soll das heißen, ihr wechselt den Verein?«
»Irrtum: Wir wechseln unser Hobby!«, verkündet Sven.

»Ab sofort erfinden wir lieber Computerspiele, statt gegen einen blöden Ball zu treten!«

Das Wiesel, unsere Mittelfeldrakete, hat für diesen Spruch nur ein mitleidiges Lächeln übrig. »Quatsch doch nicht so 'n Mist! Fußball ist super, kapiert?«

»Genau!«, meldet sich der sonst so schweigsame Orhan zu Wort. »Mir macht Fußball spielen ungeheuer viel Spaß!«

»Mir auch! Mir auch!«, rufen fast alle anderen.

Frau Unger bittet um Ruhe. »Wir können uns nach dem Spiel weiter darüber unterhalten. Jetzt müssen wir unbedingt über die Taktik reden. Der SC Braunsdorf ist nämlich ein viel schwierigerer Gegner, als ihr denkt!«

Und damit hat sie verdammt Recht, wie unsere Mannschaft schon kurz nach dem Anpfiff feststellen muss. Bereits in der zweiten Minute kassieren wir das erste Gegentor. Der rothaarige Mittelstürmer der Braunsdorfer ist einfach nicht zu stoppen. Er dribbelt Orhan und Daniel geschickt aus und hämmert den Ball unhaltbar für Sven ins Netz.
Ich werfe einen Blick zu dem Häuflein Zuschauer hinüber, unter denen sich auch mein Vater befindet. Da er kaum Ahnung von Fußball hat, könnte es ja sein, dass er ein Gegentor beklatscht. Aber er schüttelt den Kopf und hat anscheinend verstanden, dass unsere Mannschaft mit 0 : 1 im Rückstand liegt.
Was er eben auf dem Hinweg nicht verstehen wollte, war der Entschluss von Sven und mir, heute unser Abschiedsspiel zu liefern. Er ging gar nicht richtig darauf ein. Hielt er unsere Ankündigung etwa nur für einen Witz?
Darüber kann ich mir jetzt nicht den Kopf zerbrechen, weil die Braunsdorfer unheimlich viel Druck machen. Ein Angriff nach dem anderen rollt auf unseren Kasten zu, und das bei dieser grauenvollen Hitze! Mit tollen Paraden sorgt Sven dafür, dass unser Gegner nicht noch mehr Tore schießt.
In unserem Sturm läuft heute kaum was zusammen. An die wenigen Flanken, die im Braunsdorfer Strafraum landen, komme ich nicht ran. Das liegt an meinem Gegenspie-

ler, einem bulligen Blondschopf mit dem Spitznamen Dampfwalze. Der Spinner tritt nach allem, was sich bewegt, und trifft dabei nur höchst selten den Ball. Soll ich mir in meinem letzten Spiel die Knochen brechen lassen? Fast die ganze erste Halbzeit entwickelt sich zur Abwehrschlacht für unsere Mannschaft. Die Stürmer müssen im eigenen Strafraum aushelfen, damit uns die Braunsdorfer nicht völlig überrollen.

Als der Schiedsrichter zur Pause pfeift, schlurfen wir total geschafft vom Platz.

»Hab ich euch nicht gewarnt?«, sagt Frau Unger in der Kabine, während wir literweise Wasser trinken. »Die Braunsdorfer sind wahnsinnig stark, seit sie diesen neuen Mittelstürmer haben.«

»Aber noch besser ist ja wohl diese Dampfwalze!«, meint Daniel. »Der Kerl gewinnt jeden Zweikampf gegen Markus.«

»Aber nur deshalb, weil sich Markus bei seinem Abschiedsspiel nicht mehr richtig anstrengen will«, stichelt Emilio, unser Recht-

saußen. »Wahrscheinlich ist es ihm und Sven völlig egal, ob wir verlieren oder nicht.«

»Red kein Blech!«, warne ich ihn. »Wenn Sven nicht so gut in Form wäre, hätte der Ball schon zehn Mal in unserem Netz gezappelt.«

»Immerhin macht es heute viel mehr Spaß als bei den letzten Spielen«, gesteht unser Torwart. »Da hab ich nur dumm rumgestanden und nichts zu tun gehabt. Aber eben bin ich ja ständig durch die Gegend geflogen!«

Unsere Trainerin bläut uns ein, dass wir die Angriffe der Braunsdorfer schon an der Mittellinie abfangen und die Bälle dann direkt nach vorne spielen müssen.

»Nur so habt ihr eine Chance!«, behauptet sie. »So, und jetzt raus mit euch! Und gebt alles, was ihr habt, verstanden? Sonst geht ihr gegen den SC Braunsdorf gnadenlos unter.«

Die ganze Mannschaft nickt im Takt.

Als wir aus der Kabine kommen, trifft uns die Hitze wie ein Keulenschlag. Müsste die Temperatur so einem Kraftpaket wie Dampfwalze nicht mächtiger zu schaffen machen als mir?

In den ersten zehn Minuten der zweiten Halbzeit wechsle ich dauernd die Seiten. Zunächst klebt Dampfwalze weiterhin wie ein Schatten an mir, doch mit der Zeit werden seine Schritte schwerer und schwerer. Meine allerdings auch. Trotzdem zwinge ich mich immer wieder zu neuen Spurts, um Dampfwalze abzuhängen.

Schließlich spielt mir Emilio kurz vor dem Braunsdorfer Strafraum einen Traumpass in den Lauf. Ich flitze los. Dampfwalze ist zu langsam, um mir zu folgen. Mit einer Körpertäuschung verlade ich den Torwart und schiebe den Ball lässig ins untere, rechte Eck.

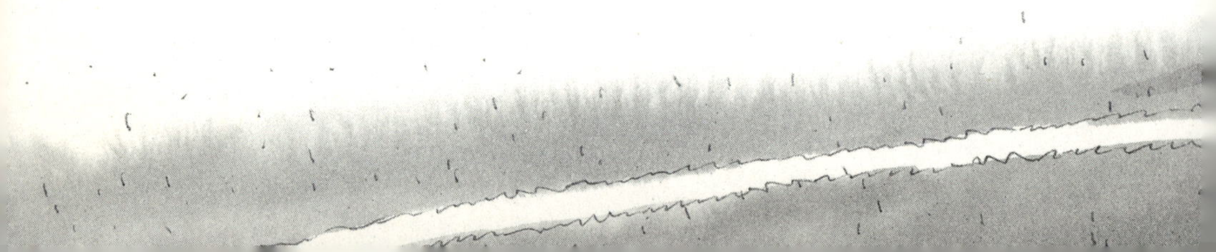

Tor!
Während ich von meinen Mitspielern gefeiert werde, rennt mein Vater mit emporgereckten Armen an der Seitenlinie herum und ruft
begeistert meinen Namen.

»Der ist ja ganz aus dem Häuschen!«, wundert sich Daniel. »Warum interessiert sich denn dein Vater auf einmal für Fußball?«

»Ach, dafür gibt's ungefähr zwei Millionen Gründe«, antworte ich grinsend.

Die Braunsdorfer reagieren auf den Ausgleich mit wütenden Angriffen. Dummerweise entblößen sie dabei ihre Deckung. Dampfwalze ist der einzige Abwehrspieler, der in der eigenen Hälfte bleibt – wahrscheinlich deshalb, weil ihm für längere Ausflüge über den Platz die Puste fehlt. Nach einem weiten Abschlag von Sven landet der Ball im Mittelkreis. Dampfwalze und ich rennen los. Ich bin eher am Leder als er. Ein kleines Dribbling genügt, um ihn aussteigen zu lassen.

»Verdammte Kacke!«, keucht er, als ich mit dem Ball am Fuß an ihm vorbeilaufe. Dann höre und sehe ich nichts mehr von ihm. Der Braunsdorfer Torhüter, ein langer Lulatsch mit Sommersprossen stürzt aus seinen Kasten und will sich auf den Ball werfen, doch er begräbt nur einen Haufen Grashalme unter sich. Mit voller Wucht donnere ich den Ball ins leere Tor.

2 : 1!

Der riesige Applaus der Zuschauer und meiner Mannschaftskameraden sorgt dafür, dass ich eine Gänsehaut kriege.

»Das war super!«, schwärmt Daniel.

»Wir machen jetzt hinten dicht und halten den Vorsprung bis zum Schlusspfiff!«

Doch der lässt endlos lange auf sich warten. Mit letzter Kraft bäumen sich die Braunsdorfer gegen die drohende Niederlage auf. Nach einer Ecke steht ihr Mittelstürmer plötzlich mutterseelenallein vor Sven und hämmert den Ball aufs Tor – doch Sven segelt wie ein Adler durch die Luft und kratzt die Kugel in letzter Sekunde von der Torlinie.

Danach ist endlich Schluss! Wir fallen uns ausgelaugt, aber überglücklich in die Arme. Die Zuschauer kommen auf den Platz und jubeln mit.

»Ihr wart ganz große Klasse, Jungs!«, lobt uns Frau Unger. »Und zwar alle zusammen! Aber die besten Spieler auf dem Platz waren Sven und Markus!« Sie legt die Hände auf unsere Schultern und rüttelt uns. »Ihr wart wirklich Spitzenklasse in eurem Abschiedsspiel!«

Sven und ich wechseln einen Blick. Ich lese in seinen Augen, dass er das Gleiche denkt wie ich.

»Letztes Spiel?«, wiederholt er mit gerunzelter Stirn. »Weißt du, wovon sie redet, Markus?«

»Nö!«

Unsere Trainerin mustert uns mit verständnisloser Miene. »Moment mal! Habt ihr vorhin in der Kabine nicht großartig verkündet, das wäre euer letztes Spiel?«

»Ja, stimmt«, sagt Sven.

»Und das war es ja auch«, füge ich lächelnd hinzu. »Und zwar unser letztes Spiel für heute!«

Umsonst

Na endlich – Wolken über Sinzburg!
Wir unterbrechen unser Gekicke auf dem Bolzplatz und legen die Köpfe in den Nacken.
»Guckt euch das an!« Sven macht ein verzücktes Gesicht. »Wolken! Vier Stück! Nein, fünf! Sechs. Sieben. Acht. Neun.«
»Wir wissen, dass du zählen kannst!«, knurrt Emilio.
Daniel meint: »Wenn wir Glück haben, regnet es gleich. Ich weiß schon gar nicht mehr, wie sich Tropfen anfühlen. Spielen wir weiter?«
»Okay«, sage ich. »Aber was machen wir, wenn es richtig schüttet und sich der Platz in eine riesige Pfütze verwandelt?«
»Dann steigen wir um auf Wasserball!«, schlägt Sven vor und drischt das Leder ins Feld.
Es landet bei Emilio, der zusammen mit dem Wiesel gegen Daniel und mich spielt. Weil außer uns vieren nur noch Sven auf dem Platz steht, machen wir ein Spiel auf ein Tor. Seit dem gestrigen Triumph gegen den SC Braunsdorf haben Sven und ich wieder Spaß am Fußball. Darüber freut sich nicht nur die Mannschaft und Frau Unger, sondern vor allem mein Vater. Ein bisschen geknickt war er jedoch,

weil er kein Sondertraining mehr mit mir veranstalten darf. Er hat Frau Unger verraten, wie er in den letzten Tagen mit Jogging und spezieller Ernährung meine Kondition fördern wollte. Sogar von meiner Mentaltrainerin Miriam hat er ihr erzählt. Frau Unger regte sich furchtbar darüber auf und riet meinem Vater mich in Ruhe zu lassen. Wenn Fußball mein ganzes Leben beherrschen würde, dann würde ich ziemlich schnell die Lust daran verlieren.
Ob mein Vater Frau Ungers Rat befolgt?
Nein, anscheinend nicht! Denn wer erscheint zehn Minuten später im Anzug und mit der Zeitung unterm Arm und der Aktentasche in der Hand hinter Svens Tor und winkt mir aufgeregt zu?
»Ist das nicht dein Vater da hinten?«, ruft Emilio. »Was will der denn hier?«
»Ich frag ihn mal«, antworte ich. »Ihr könnt ja so lange 'ne kleine Pause machen. Aber behaltet die Wolken im Auge. Das wird ja immer dunkler da oben.«
Mein Vater redet gerade auf Sven ein, als ich hinterm Tor ankomme.
»Was ist los, Vati?«, unterbreche ich ihn. »Frau Unger hat doch gesagt, dass ich kein Exratraining brauche.«
»Training!«, schnaubt er. »Vergiss doch diesen schwachsinnigen Fußball! Warum steht ihr hier auf dem Platz rum und vertrödelt eure wertvolle Zeit, ihr beiden? Verschwindet lieber nach Hause und setzt euch an den Computer!«

»Hä?«, machen Sven und ich im Chor.

Da lässt mein Vater die Aktentasche fallen und schlägt die Zeitung auf. »Hier, hört euch das an! Ein fünfzehnjähriger Junge aus Chicago entwickelte ein Computerspiel und verkaufte es für zehn Millionen Mark an eine japanische Firma!«

SINZBURGER BOT

npolitisch · uninteressant · kompostierbar · lustig

Spielend einfach verdient!

pp. Chicago Ein fünfzehnjähriger unge aus Chicago entwickelte in Computerspiel und verkaufte s für zehn Millionen Mark an ine japanische Firma. In dem Spiel geht es um ein Tier, dass sich in ein anderes verwandelt, wenn es zuvor ein anderes gefressen hat, welches wiederum aber ein anderes gefressen haben muß. Wenn dann dieses Tier auch wieder gefressen wird, verwandelt es sich in einen Allesfresser, der dann solange alles frisst, bis ihm schlecht wird. Dann erbricht das Tier alle anderen gefressenen Tiere und das Spiel beginnt wieder am Anfang.

Der Kommentar eines führenden Firmenvertreters lautete begeistert: "Genial, darauf wären wir bestimmt nie selbst gekommen! Ein großer Schritt für die Menschheit in Richtung einer vollkommenen Verdummung".

Laut eines Medienvertreters beurteilt die einschlägige Computerfachpresse das brachliegende kreative Potential in Kreisen computerbegeisterter Jugendlicher als ausgesprochen hoch. Leider werde dieses sehr oft durch andere zeitraubende Tätigkeiten , wie zum Beispiel Schule, sportliche Aktivitäten, Lesen von Büchern oder gesunde Ernährung statt Fastfood nahezu vollständig blockiert. Eine zunehmend bedrohlicher werdende Entwicklung, der Einhal zu gebieten ist.

bu

Vater starrt uns mit großen Augen an. »Zehn Millionen! Für ein Computerspiel! Und ihr spielt Fußball, ihr Spinner! Dabei könnt ihr richtig reich werden mit eurer Schnecke. Ihr könntet euch alles kaufen, was ihr wollt!«
»Na und?«, meint Sven. »Im Moment möchte ich lieber Fußball spielen.«
»Ich auch«, sage ich.
»Seid ihr verrückt?«, brüllt uns Vater fast an. »Ihr könntet schwimmen im Geld!«
»Komm mal mit, Vati!«
»Wohin?«
Ohne zu antworten nehme ich seine Hand und führe ihn in das kleine Waldstück neben dem Bolzplatz. Unter den Bäumen bleibe ich stehen und lasse Vaters Hand wieder los.
»Was sollen wir hier?«, fragt er leicht verwirrt.
»Lauschen. Riechen. Genießen.«
»Du solltest dich lieber an deinen Computer –«
»Pscht!«
Wir schweigen, mindestens eine Minute lang.
Dann sage ich leise: »Geld! Wozu brauchst du denn Geld, Vati? Die schönsten Dinge der Welt sind doch kostenlos: der Gesang der Vögel, der Duft der Blumen, das Schweigen im Wald . . .«
»Wer hat dir denn diesen Mist erzählt?«
»Du selbst, vor etwa einer Woche.«

Er will anfangen zu lachen, doch plötzlich donnert es. Wir zucken zusammen. Der Himmel über uns ist pechschwarz.

»Lass uns schnell abhauen, Vati! Sonst trifft uns noch ein kostenloser Blitz!«

1 : 0 für das Kicker-Team

Christian Bieniek

Das Spiel der Spiele

Große Aufregung beim FC Sinzburg: Ein Jugendtrainer des FC Bayern München ist in der Stadt und will sich das nächste Spiel ansehen! Markus sieht sich schon als angehender Profi im Fußballinternat. Klar, dass er alles dransetzt, am nächsten Sonntag beim Spiel gegen den FC Lübbenstein topfit zu sein. Und ausgerechnst jetzt holt er sich beim Kicken im Regen einen Schnupfen. Zum Glück hat Miriam ein Erfolg versprechendes Fitness-Rezept für ihn. Ob das ausreicht, um den Jugendtrainer zu beeindrucken?

Die Känguru-Taktik

So kann das nicht weitergehen: Markus und seine Mannschaft verlieren ein Spiel nach dem anderen. Klarer Fall, ein neuer Trainer muss her. Wie soll man mit einer Frau als Trainer auch gewinnen? Der Neue sieht zwar nicht gerade sehr sportlich aus, aber die Jungs glauben fest an ihren Erfolg. Dafür hüpfen sie sogar wie Kängurus über den Platz. Aber Markus kommt gar nicht dazu, sich über die seltsamen Trainingsmethoden zu wundern – erst mal muss er dringend seinen hartnäckigen Schluckauf – hicks! – loswerden.

Jeder Band:
64 Seiten. Zahlreiche Illustrationen.
Mit Fußball-Rubbel-Spiel. Ab 8

Arena

1 : 0 für das Kicker-Team

Christian Bieniek

Klarer Fall: Elfmeter!

Mannschaftskapitän Markus sitzt ganz schön in der Klemme. Ausgerechnet sein bester Freund Sven soll aus dem Team geschmissen werden. Seit Wochen hat Sven keinen einzigen Ball mehr gehalten. Die Kicker vom FC Sinzburg sind sich einig: ein neuer Torwart muss her. Am besten Philipp Steiner, der Supertorhüter vom Handballverein. Aber Philipp verlangt eine ziemlich hohe Ablösesumme. Und nun soll Markus Sven auch noch erklären, dass er ab sofort auf die Ersatzbank muss. Kann man einen guten Freund wirklich so hängen lassen, fragt sich Markus?

Ein Sponsor für Markus

Neue Fußballschuhe kosten eine Stange Geld. Und wenn man so schnell wächst wie Markus, ist alle Nase lang ein neues Paar fällig. Da ist Markus froh, dass Miriam ihm das Geld für die neuen Schuhe geben will. Sie sei dann eben sein Sponsor, sagt Miriam. Als Gegenleistung soll Markus eine Woche lang ein T-Shirt mit einer Werbeaufschrift tragen. Aber als Markus Miriams T-Shirt sieht, kippt er fast aus den neuen Fußballschuhen …

Jeder Band:
64 Seiten. Zahlreiche Illustrationen.
Mit Fußball-Rubbel-Spiel. Ab 8

Arena